D0131396

Edición a cargo de María Cecilia Silva Díaz
Dirección de arte y diseño: Irene Savino

Primera edición, 2010

Edif. Banco del Libro, Av. Luis Roche, Altamira Sur
Caracas 1060, Venezuela

C/ Sant Agustí 6, bajos. 08012 Barcelona, España

www.ekare.com

ISBN 978-84-937212-7-5

Impreso en China por South China Printing Co. Ltd.

¡Vamos a ver a papá!

Lawrence Schimel / Alba Marina Rivera

Ediciones Ekaré

Los domingos me despierto temprano, aunque no tengo que ir a la escuela.

Hoy nos va a llamar papá. Nos llama todos los domingos porque las llamadas son más baratas. El domingo es mi día favorito.

No he visto a mi papá en un año, ocho meses, y veintidós días. Lo sé porque cuento cada día desde que él se fue a otro país a trabajar.

Antes de irse, me dio un cuaderno en blanco. Todos los días le escribo lo que ha pasado en la familia.

No pudo venir para Navidad, y le mandé el cuaderno por correo. Me dijo que sintió como si le hubiese regalado un año extra de su vida, el año que hemos vivido nosotras, además del que él había vivido solo.

Así que sigo escribiendo para él en un nuevo cuaderno. Espero dárselo en persona, cuando venga.

Otra cosa que me gusta de los domingos es que mamá no tiene que irse muy temprano a trabajar.

Compartimos una habitación, aquí en casa de mi abuela.

Mientras mamá está en el trabajo no me quedo sola, porque están la abuela y Kike.

Cuando aparezco por la cocina, mamá y la abuela están sentadas tomando café.

A Kike también le gusta el sabor del café. Todas las mañanas, la abuela le pone en el plato un trozo de pan duro mojado con un chorrito de café, «desayuno especial para Kike», dice cuando lo sirve. A mí el café me parece amargo. Yo prefiero un vaso de leche.

–Buenos días –les digo. Ellas me saludan, pero no hablamos mucho porque estamos esperando la llamada de papá.

Desde que papá se fue nos toca esperar bastante: esperar las llamadas, esperar el dinero que nos envía, esperar a que vuelva.

Cuando papá estaba con nosotras, todos los domingos salíamos tempranito a pasear a Kike y a comprar pan recién hecho. Caminábamos agarrados de la mano, y yo siempre intentaba dar pasos muy largos para que mi paso igualara al suyo. Después llevábamos a Kike al parque. Cuando llegábamos, me subía al borde del estanque, y contábamos los peces de colores. Pero cuando Kike se subía ¡desaparecían todos!

¡Por fin suena el teléfono!

Nos ponemos todas de pie de golpe.

Primero, papá habla con mamá, y luego, con la abuela, que es su madre. Yo espero a que llegue mi turno.

–Papá, *tequieromucho* y *teechomucho* de menos –le digo muy rápido para que no cueste muy caro.

–Yo también te quiero mucho –me dice–. ¿Quieres venir a vivir aquí conmigo?

Me quedo muda. Había esperado mucho tiempo volver a estar juntos, pero nunca se me había ocurrido que yo pudiera viajar hasta allá.

–¿Cu-cuándo? –le pregunto por fin.

Me siento confundida después de hablar con papá. Estoy muy contenta, ¡vamos a ver a papá después de tanto tiempo!, pero un poco asustada también. Va a ser todo muy distinto. ¿Encontraré nuevos amigos?

Esa noche, antes de acostarme, saco el cuaderno donde le escribo a papá. Pero por primera vez, no sé qué escribir.

Cuando llego a la escuela el lunes, se lo cuento a Rocío, mi mejor amiga.

–¡Voy a ver a mi papá! Pero él no viene, nosotras nos vamos a ir a vivir con él.

–¡Qué aventura! –dice Rocío–. Qué envidia me das. ¿Por qué no me llevas en la maleta? –y me guiña un ojo.

–Me gustaría –le contesto–, porque allá no conozco a nadie. Además, seguro que no encuentro una amiga como tú.

–Ya verás que te va a ir bien, y no te preocupes, que yo te escribiré para que no me eches de menos.

–Yo también te voy a escribir.

ESCUELA SARMIENTO
PARA VOLVER
PARA VOLVER
PARA VOLVER
PARA VOLVER
Cool One

El tiempo pasa lentísimo. A veces se me olvida que nos vamos a ir. Pero de repente un día, mamá vuelve a casa con los billetes de avión y nuestros pasaportes, y todo empieza a ocurrir de golpe.

–¿Y el billete de Kike? –le pregunto.

Me mira un momento sin decir nada, y sé que no me va gustar su respuesta.

–Kike va a quedarse aquí con la abuela –me dice.

Mi corazón no sabe estar lejos de Kike, cada vez que lo miro y pienso que se queda, me dan ganas de llorar.

–Te quiero mucho –le digo mientras le acaricio la panza–. Pero es importante que cuides de la abuela para que no esté sola, con toda su familia viviendo tan lejos.

Mamá me explica que sólo puedo llevar una maleta conmigo.

¡No sabía que tenía tantas cosas! Mis muñecas. Mis libros. Los cuadros que pinté en la escuela. Las postales que nos mandó Papá.
No puedo llevarlo todo conmigo. No cabe en la maleta.

–No te preocupes –me dice la abuela–. Yo te guardo todo lo que no te puedas llevar, hasta que vuelvas.

La abuela me ayuda a elegir entre todas mis cosas. Al final hay pocas que necesite de verdad. «Lo importante es volver a estar con papá», pienso.

Parece que la abuela me lee el pensamiento.

–Ojalá pudiera ir yo también a ver a mi hijo. Pero ya soy mayor para cambiar mi vida. Así que tendrás que llevarle muchos besos y abrazos de mi parte.

Me acurruco con la abuela.

–Te voy a echar de menos muchísimo –le digo entre sollozos.

–Yo a ti también –me dice. Y me da muchos besos. Después seguimos eligiendo cosas hasta llenar mi maleta.

La noche antes de irnos, no puedo dormir de tantos nervios. Siento como si tuviese la barriga llena de ardillas saltando dentro. Mamá tampoco puede dormir; por su respiración sé que no está dormida. Intento quedarme quieta para no molestarla.

Después de todo creo haberme dormido, porque la abuela me llama a desayunar.

No me siento bien. La abuela insiste en que me tome mi vaso de leche y la verdad es que me siento mejor después de beberlo.

Mamá repasa la lista para no olvidar nada.

–¿Dónde estará Kike? –pregunta la abuela. –¡Qué raro que no se haya comido su «desayuno especial»!

No digo nada y me quedo mirando mi plato.

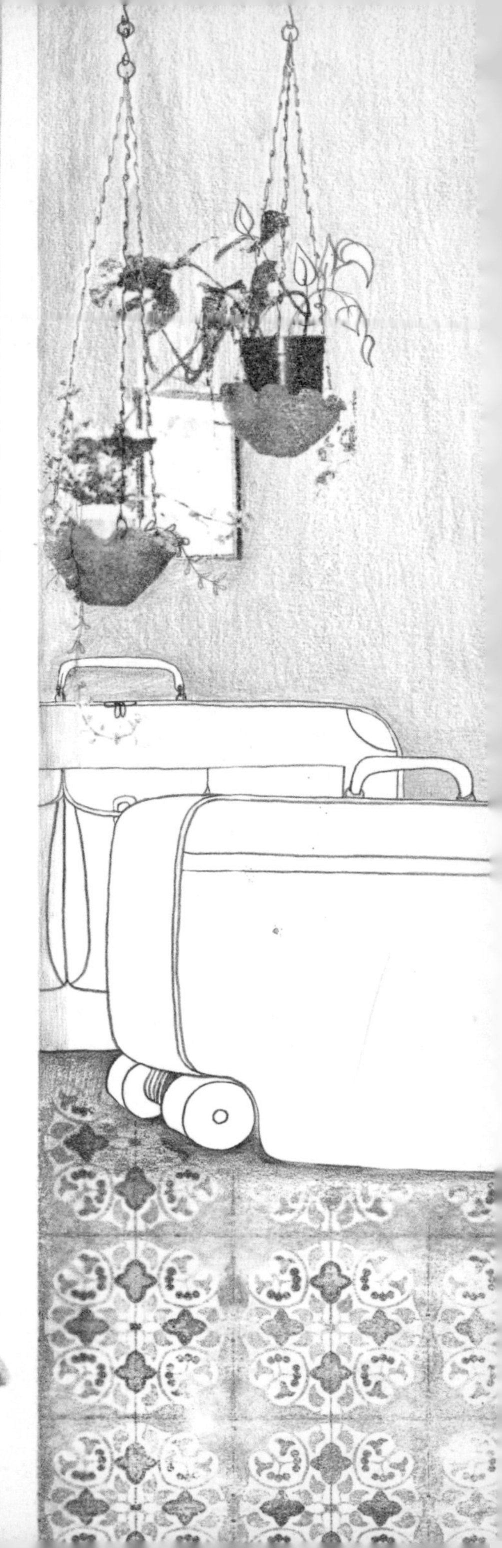

Claudia
y Daniel

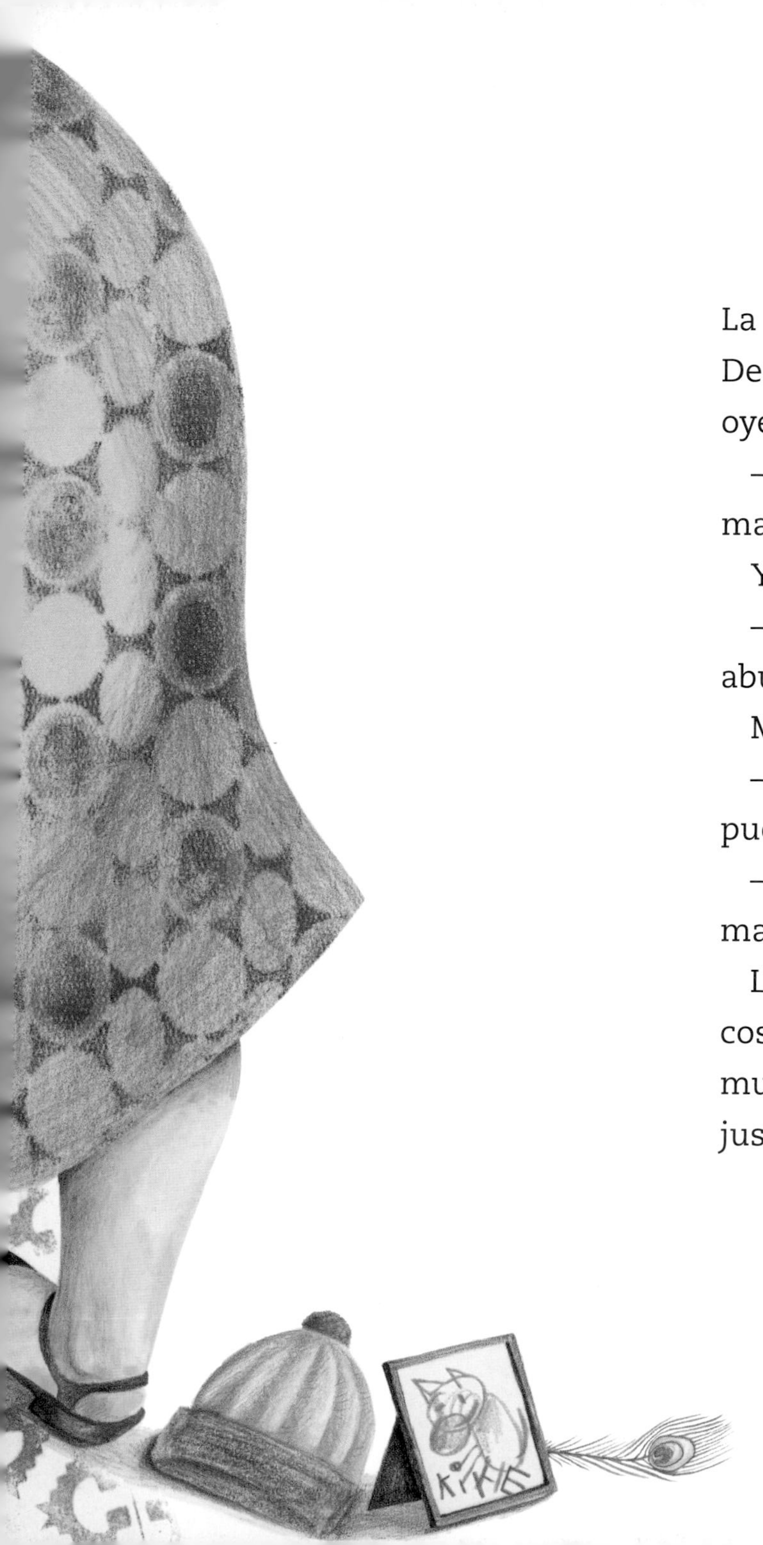

La abuela sale de la cocina llamando a Kike. Desde la habitación sale un ruidito, pero no se oye muy bien.

–¿Qué has hecho con el perro? –me pregunta mamá, y sigue a la abuela.

Yo voy detrás de las dos.

–Parece como si estuviera por aquí –dice la abuela–, pero no lo veo por ninguna parte.

Mi maleta empieza a moverse sola.

–¡Kike! –exclama la abuela y me riñe–. ¿Cómo puedes haberle hecho eso?

–¿Dónde están tus cosas? –me pregunta mamá–. No tenemos tiempo para estos juegos.

La abuela y mamá me ayudan a poner mis cosas dentro de la maleta otra vez. Lo hacemos muy rápido, porque ya sabemos que todo cabe justo. Kike intenta ayudarnos también.

Todavía quedan diez minutos antes de que vengan a buscarnos para llevarnos al aeropuerto.

–Voy a pasear a Kike –digo al cerrar la maleta, y salgo de casa antes de que tengan tiempo de decir que no.

Siempre le cuento cosas a Kike mientras paseamos. Hoy no sé qué decirle. Él salta y corre como todos los días.

No puedo evitarlo y empiezo a llorar. Kike se me acerca y me lame la cara, como para limpiarme las lágrimas y a mí me da risa. Le levanto la oreja y le digo muy bajito: –¡No te olvides de mí!

Por la calle aparecen Rocío y su padre. Kike corre a saludarlos.

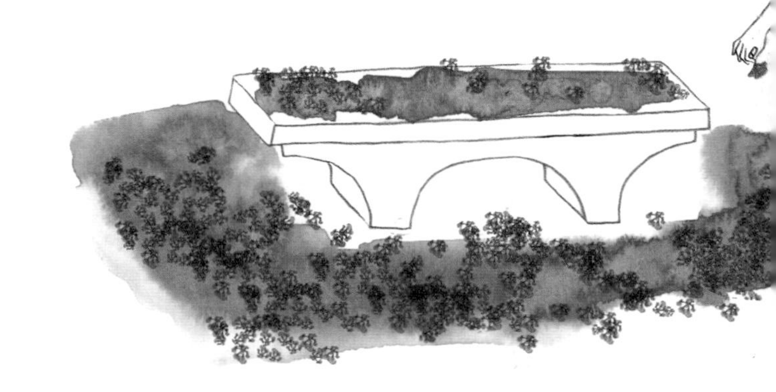

Cuando todo está listo, la abuela se sienta delante, al lado del padre de Rocío. Hablan sobre cosas corrientes y sobre la gente que conocen como si fuese un día cualquiera.

Yo estoy detrás, sentada entre mamá y Rocío, y las tres nos pasamos el viaje calladas.

Cuando llegamos al aeropuerto, Rocío me da la mano y no dice nada. ¡Es la mejor amiga del mundo!

–Seremos siempre amigas –le digo, intentando sonreír.

Nos decimos adiós muchas veces, y yo le doy un abrazo a la abuela, y luego, otro y otro, hasta que nos tenemos que ir a la puerta porque anuncian nuestro vuelo.

Hay cola para entrar en el avión. Yo miro el suelo y mamá me pone la mano en el hombro.

Al entrar en el avión, una azafata nos ayuda a encontrar nuestros asientos. Mamá me deja sentarme en la ventanilla. Me abrocho el cinturón de seguridad para el despegue.

¡Qué pequeño se ve todo desde el aire! ¿Cuál será la casa de la abuela? ¿Qué estará haciendo ahora Kike? ¿Y la abuela? ¿Estará pensando en nosotras? Seguro que sí, y seguro que papá también piensa en nosotras en este momento.

Saco dos cuadernos de mi bolsa. Uno es el cuaderno donde le escribo a papá todo lo que nos ha pasado. Lo abro, pero ya no tengo que seguir escribiendo. Dentro de unas horas se lo podré contar en persona. Me siento muy contenta de que queden tantas hojas blancas, un tiempo separados que ya no tendremos que vivir.

Cierro el cuaderno de papá, y abro el otro. Es un cuaderno nuevo, con todas las hojas en blanco. En la primera página escribo:

Querida Abuela,
Estoy en el avión, en algún
lugar sobre el océano.
¡Qué miedo me da pensarlo!
Pero si me pongo a escribirte, casi
puedo olvidar que estoy suspendida
en el aire, cruzando un mar enorme...

CLASSICO

Lawrence Schimel nació en Nueva York en 1971, estudió en la Universidad de Yale, pero actualmente vive en Madrid. Es poeta, escritor, traductor y ensayista. Ha escrito más de 90 libros de temáticas muy diversas, tanto para niños como para adultos. Ha recibido importantes premios en Estados Unidos, como el *Lambda Literary* y el *Rhysling Award*.

Alba Maria Rivera nació en Rusia en 1974. Vivió en Cuba, donde se formó como artista. Estudió ilustración en la Escola Massana de Barcelona donde vive actualmente. Con **El contador de cuentos** de Saki, también publicado por Ediciones Ekaré obtuvo el *Bologna Ragazzi New Horizons* de la Feria del Libro de Bolonia 2009 y el *Premi Junceda* de la Asociación de Ilustradores de Cataluña.